den anden tid

en fotofortælling

og en opfølgning på MIN Bodil

anden del af en kærlighedserklæring.

Der er bare ingen, der er så dejlig...
Når du var glad, så var alle glade,
og du var altid i godt humør!
Du er det smukkeste menneske, jeg har kendt

og min bedste ven!

FORORD

Bogens titel henviser til den tid, jeg sandsynligvis står overfor, eller nok allerede er begyndt på - det liv, der kommer efter den første tid, hvor ALT er kaos hver dag, og hvor sorg og afsavn fylder ALT.

Min første bog, MIN Bodil, om min dejlige kone Bodil blev skrevet i øjeblikket - nærmest dag for dag og var således ikke en traditionel erindringsbog.

Den blev skrevet inden for de første 3 måneder efter Bodil døde d. 23/10-2019.

Jeg gik i gang omkring bisættelsen d. 5/11-2019 og bogen blev udgivet d. 7/2-2020.

Det forekommer mig, at ideen med den første bog udsprang af, at jeg skulle lave et oplæg til snakken med præsten Dorte, hvor jeg tænkte, at jeg umuligt kunne fortælle fyldestgørende om Bodil og 46 års samliv på et eneste sølle A4-ark.

Jeg skyldte hende meget mere end det!

Jeg har ærlig talt været utrolig stolt over, at mit forehavende blev gennemført.

Drivkraften hos mig var, at bogen, det var noget, hun fortjente.

Det blev afgørende for mig, at hele verden fik at vide, hvor dejlig hun var.

Det var en hård proces at skrive bogen, men den har nok været gavnlig for mig i den sidste ende.

Denne bog skriver jeg, fordi jeg stadig drives af at ville fortælle om hende, jeg var så lykkelig at kende og leve sammen med i 46 år.

Og når det passede dig, kunne du være et fjollehoved – til glæde for børnebørnene – og os andre!

Da jeg nu befinder mig i en anden fase af mit liv og fortæller om det, så har bogen fået en anden form og indhold end den første bog. Bogen handler pludselig også om mig. Det gik op for mig, efter jeg var begyndt på den. Det skyldes vel, at jeg er den, der er tilbage, at jeg er fortælleren?

Jeg har prøvet at køre 2 spor i bogen samtidigt for at gøre det hele lidt mere levende og vedkommende.

De mange fotos med undertekster fortæller en erindrings historie om et skønt menneske. Fotos er med overlæg placeret i helt tilfældig rækkefølge.

Teksten i bogen fortæller en anden historie, nemlig primært min status på, hvordan tilværelsen former sig nu 3-6 måneder efter dag 0.

Oslo 2008. Du er en fryd for ethvert billede.
Dit humør og livsglæde er man ikke i tvivl
om. Vi elskede vores ferier sammen... og der
var rigtig mange!

Hertil kommer historien om den indvirken Covid-19 pludselig har fået på alle dele af mit og alle andres liv og samfundet.

Men foto og tekst, som gerne skulle komplementere hinanden, fortæller en flig af den samme historie:

Historien om Bodil (og mig)

- og er en bog til minde om Bodil lige som den første bog.

MIN Bodil og **den anden tid** danner tilsammen min kærlighedserklæring til Bodil og det minde, jeg formår at sætte for hende...

Der kommer ikke flere bøger om Bodil, som ligner disse. Derfor har jeg haft så utrolig svært ved at runde denne bog af. Det fremgår måske nok tydeligst sidst i bogen.

Der er hele tiden noget, jeg tænker, der skal
med, så det ikke bliver glemt…

Jeg tror, at jeg ubevidst er bange for, at jeg
vil slippe hende, når bogen er færdig…

Det er slet ikke tilfældet!

Dette er en bog uden farvel!

PS

Det var måske relevant at nævne
persongalleriet i bogen?

Sarah er gift med Jesper, og de har fået Milla,
Marcus og Noah
Mikkel er gift med Kit, og de har fået Alfa,
Mingus og Dante.

Ellis er Bodils mor.

Her er du med et af dine 6 elskede børnebørn –
efternøleren Noah. Han fik en særlig stjerne hos
dig, og det stråler ud af dig!

BEGYNDELSEN PÅ DEN ANDEN TID

På den 103. dag gik det op for mig, at den 102. dag var den første dag, jeg ikke havde grædt.

Det var en mærkelig, måske lidt opløftende konstatering, men den satte følelser i gang, som jeg havde meget svært ved at håndtere og forstå.

Konstateringen gjorde mig ikke glad, men snarere urolig og usikker på, hvad der nu kunne følge, og hvordan jeg skulle gebærde mig.

Efter nogle dage kom jeg til den opfattelse, at jeg måske var nået til et vendepunkt og, at mit liv på ny ville ændre sig.

Du var min store kærlighed. Med det blik følte

jeg mig elsket, og du kunne du få mig til at føle,

at jeg kunne udrette alt...

STATUS PÅ TIDEN EFTER DEN FØRSTE TID

Vi skriver marts 2020.

Tingene har da ændret sig - alene det, at jeg ikke græder så ofte, er da en væsentlig ændring.

Men jeg er i bund og grund og helt ind i det inderste af krop og sind rigtig ked af det. Hele min grundstemning er trist og meget anderledes end mit sædvanlige jeg.

Jeg har altid været min egen - lidt sær til tider, men mit humør har sgu aldrig fejlet noget. Nu er noget som humør fuldstændigt ikke-eksisterende.

Mor og søn i Toscana. De bedste ferier familien har haft sammen, var uden diskussion dem i Toscana.

Jeg er meget alene. Førhen var lidt alenetid noget jeg nød og satte stor pris på.

Det gør jeg ikke mere.

At være alene er for mig nu grobund for triste tanker - især når tankerne falder på de sidste dage Bodil levede, er jeg helt til rotterne og bare færdig.

Vi var så tætte, og at se den man elsker gennemgå de rædsler, hun blev udsat for, trodser enhver beskrivelse.

Jeg har heldigvis udviklet en teknik, der kan lede mine tanker i andre retninger, men det tager jo tid, inden det virker, og indtil det lykkes, er det slemt.

Jeg er vel egentlig også blevet ensom?

Jeg har udviklet et sindrigt aktivitets- og planlægningsskema, som tvinger mig til at

*Fra et af vores utallige ophold i sommerhus
rundt om i Danmark. Her er vi ved Smidstrup
Strand. Hvem du lytter på/taler med, husker jeg
ikke…*

opsøge venner og bekendte, at lave aftaler med dem om, at jeg inviteres eller, at jeg inviterer dem.

På den måde får jeg fremskyndet de tidspunkter, hvor jeg kommer ud blandt andre – udover hos Sarah, Jesper og deres 3 børn, der bor tæt på mig.
Mikkel, Kit og de andre 3 børnebørn bor i København, og det er som bekendt mange km. fra Vejle.

Skemaerne hjælper mig ligeledes på det praktiske plan. De hjælper mig til at huske de ting, der er altafgørende for ikke at falde hen og give efter for den nemmeste løsning: at lade stå til!

Bodil ville grine hovedrystende over nødvendigheden af at udarbejde et skema for at kunne huske ting, der er så indlysende, Samtidig ville hun dog nikke anerkendende

Telefonen og smøgen. Vinen må stå på bordet et
sted!? Vi elskede de ferier, vi holdt hvert år - de
bedste var med ungerne. Her på ny i Toscana.

til, at tingene rent faktisk bliver udført og, at
tingene bliver tillagt den værdi, de fortjener!

Jeg mener, hvordan husker man, hvornår det
er tid til

at skifte håndklæder

at koge karklude

at skifte sengetøj

at fjerne kalk i et lokum

at vande blomster

at støve af

at støvsuge

og de utallige andre ting

og alt sammen 'til tiden'?

Bodil kunne...

Skemaet har virkelig fået den flig af mit liv
på skinner. Jeg sander ikke helt til i skidt og
møg, og tingene holdes rimeligt ved lige.

Sådan, typisk dig og i dit rette element.

Smil, Molli, ferie, vand og solskin. Rosévinen

mangler dog godt nok!

Standarden er faldet, men der **er** en standard.
Trods skemaerne og deres nytte mht. at pleje
omgang med venner og bekendte, så er der
mange, mange nye ledige øjeblikke. Dem
brugte Bodil og jeg førhen sammen.
Nu er der kun mig til at bruge alt den ledige
tid.
Min ny følelse af ensomhed skyldes måske
også, at jeg i en alder af 72 år pludselig føler
mig inderligt overflødig.

Jeg mener, når Bodil ikke er her mere, hvad
skal **jeg** så være her for? Hvad værdi er der i
det? - for nogen?

Jeg har i 46 år levet sammen med en prægtig
pige, og i alle de år har vi været gensidigt
ansvarlige.

Vi var enige om, at vi aldrig ville skilles, fordi

Man skal være en sten, hvis man ikke blev glad i
låget af at se på dig. Jeg var ingen sten!

vi i vores tidligere liv hver for sig havde lært,
at en kortvarig forelskelse i en anden person
ikke var så meget værd, at det skulle få lov til
at ødelægge vores forhold.

Vi var ansvarlige over for børnene og for hinanden.

Vi var ansvarlige i forhold til de utallige opgaver, der er forbundet med at få et samliv til at fungere. Vi havde hver vores hovedområder, som vi hjalp hinanden med – ind imellem!

Nu er jeg kun ansvarlig over for mig selv - ja, og så Molli heldigvis, som er totalt afhængig af, at jeg fodrer hende, lufter hende og leger med hende.

Jeg har været meget heldig, at der er et væsen helt tæt på mig, som er aldeles afhængigt af mig. Det har holdt mig oppe og i gang.

At kunne være ensom blandt mange mennesker forstår jeg også nu.

Vores dage i sommerhuset er et eksempel. Vi havde 5 gode dage sammen på Langeland i februar, alle ungerne og jeg.

Vi har 2 dejlige børn, Sarah og Mikkel - gift med henholdsvis Jesper og Kit - og 6 skønne børnebørn, og alle vil de mig kun det bedste. Men jeg er ikke et par! Tingene er ikke som de var førhen, det fungerer ikke på samme måde at være single.

Jeg føler mig som en underlig skæv eksistens, udenfor og til overs og, jeg savner ekstremt det samspil, de andre har indbyrdes. Det var min oplevelse i sommerhuset og bestemt også i andre sammenhænge.

Ydermere var det sådan, at Bodil var den udadvendte i vores samliv. Hun kunne holde enhver form for samtale - med et

Her er du i sving, som du altid var! - denne
gang flankeret af din mor, som nok mest var
tilskuer. Ikke mange kunne følge dit tempo!

hvilket som helst indhold - i gang, hvis hun ønskede det.

Jeg var stolt over alt det, hun var så dygtig til og befandt mig rigtig fint i min mere tilbagetrukne rolle i ægteskabet.

Det falder jo tilbage på mig nu. Nu er der kun mig til at optage kontakt til omgivelserne. Der er kun mig til at tage initiativ til at føre samtaler OG til at holde dem i gang! Alt det, jeg ikke nødvendigvis har været tvunget til førhen, ikke har dyrket og aldrig været særlig god til - det er nu alene overladt til mig. Hvis jeg altså ønsker at være en aktiv del af tilværelsen...

Og jeg prøver virkelig!

Jeg har sat mig i omgivelsernes sted. Hvem gider dog være sammen med mig længere tid end allerhøjst nødvendig!?

Dit smil, dit humør, dit væsen og dine øjne, som jeg aldrig vil glemme. Du var på alle måder et vidunderligt menneske.

En tavs gammel stodder, som er svær at hive ordene ud af, og som ikke giver meget tilbage, når man tiltaler ham!!

Kors i hytten! Han er sgu for kedelig...

Jeg er mere udadvendt nu, interesseret, empatisk - uden at gøre vold på mig selv og uden, at jeg føler, at det virker for kunstigt.

Men jeg synes, det er anstrengende hele tiden at være på, at være den, der hele tiden svarer, at være alene om at svare.

Dem jeg er sammen med er jo par, og de spørger sgu hele tiden om noget – begge to. Og er der flere par i selskabet, er det jo nemt at regne ud, hvor anstrengende, jeg synes, jeg har det!

Det er rigtig rart at blive inviteret ud. Både Molli og jeg nyder adspredelsen. En del af min tid går dog med at sikre mig, at hun ikke laver nogen form for ulykker, så jeg slapper ikke helt af.

Molli er stort set altid med i byen. Hun har været meget påvirket af, at hendes mor pludselig er forsvundet ud af hendes liv, så jeg nænner ikke, at hun er alene for længe ad gangen.

Jeg tænker, at det måske er den måde, jeg viser hende taknemmelighed.

Hun har været en fantastisk og uvurderlig støtte for mig efter Bodils død, så vi hænger sammen nu, Molli og mig.

Vi hænger på hinanden, sådan som de to gamle eksistenser, vi er - og jævnaldrende!

''Se, Palle! Det er de gamle portionsglas fra din mor! De er godt nok mange penge værd!!''

Bagdelen ved at blive inviteret ud er jo, at man på et tidspunkt er nødt til at gøre gengæld!

Det sætter virkelig min fantasi i gang og den har endnu en meget begrænset spændvidde.

Det handler om at slippe nemmest om ved det! Det gør jeg ved at studere Føtex brochure - især mht. slagterens færdigretter. Udvælge de retter, der ser mest hjemmelavede ud og finde en rigtig god færdigblandet og skyllet salat.

Derefter en nem forret - laks er altid ok - og en frossen dessert af en art - og vupti, når vinen er købt er alting klart!

Siden marts har Corona virus imidlertid næsten sat al social omgang i stå. Alle er

Og her tror jeg sørme fruen har fået en lille gave!? Du fik rigtig mange, nok fordi du så rigtig glad ud - hver gang.

hjemme, fordi arbejdspladser, børnepasning, skoler, butikker - alt er indtil videre lukket ned.

Folk skal holde sig hjemme og må/bør kun omgås deres egen husstand - holde afstand til alle andre, spritte og vaske hænder ustandselig OG være opmærksom på sygdomssymptomer.

Gaderne ligger øde hen som om, der var udgangsforbud.

Så i mange uger har jeg ikke haft gæster til spisning og 'skylder' til højre og venstre.

Følgerne af Covid-19 bliver tiltagende værre, fordi man i stigende grad føler, at man er som i et åbent fængsel: Der er en masse muligheder udenfor hjemmets vægge, men omstændighederne gør, at du ikke kan gøre brug af dem.

FOTO 1973/74

Vi var 2 vildbasser, hvis veje krydsedes! Der
var absolut ingen, der på det tidspunkt gav
vores forhold en chance - men Bodil, vi holdt
dog i 46 år!

Indtil for få år siden, hvor Bodils gigt tog til, var det mest hende, der stod for maden. Derefter fulgte en periode med ligedeling og det sidste år, Bodil levede, var det mest mig.

Jeg savner vildt hendes mere kreative tilgang til madlavning.

Jeg **kan** lave mad, ja, men hun kunne få det til at se appetitligt ud. Jeg kan til nød få det til at se spiseligt ud - om end jeg er blevet lidt bedre til det med tiden.

Det er de nemme løsningers tid nu.

Jeg har slet ikke lyst eller overskud til at stå flere timer i et køkken for at tilberede noget mad, som bliver fortæret på under en halv time.

To uadskillelige duller, dig og Sarah. I guder hvor lavede I mange ting sammen! Men havde det ikke altid noget med indkøb at gøre??

Uanset hvordan maden falder ud, så får jeg dog altid stor ros, fordi vores rare, gode venner synes det er synd, at jeg har lavet det hele alene!

Der er et underligt paradoks.

Jeg har til tider både svært ved at få tiden til at gå og samtidig svært ved at få tiden til at slå til.

Det er gået op for mig, efter jeg er blevet alene, at jeg er et større socialt dyr end jeg selv troede.

Før havde jeg jo Bodil, der gav mig al den menneskelige kontakt, jeg kunne ønske mig eller, som jeg havde behov for.

Hvilken stor luksus!

Nu har jeg hverdage med så mange planer og praktiske gøremål (iflg. mit skema!), at jeg ikke kan nå dem.

Og på den anden side, har jeg endeløse weekends uden aftaler og med praktiske ting, jeg ikke gider udføre. Når det samtidig styrtregner i dagevis, så kan det være svært.

I den type weekends føler jeg nu den store værdi ved kontakt til andre menneskelige væsner. Den kontakt kom automatisk eller var konstant til rådighed, da Bodil var her.

Nu skal den, som tidligere beskrevet, findes eller opsøges.

Det er sådan, I skal forstå, at det **fungerer** for mig nu.

Den sådan lettere objektive betragtning af mig selv.

FOTO 1974/75

2 typiske flippere fra en spændende tid. Vi VAR

ret seje! Cat Stevens' musik var den foretrukne!

STATUS PÅ VORES RELATION

Jeg besøger dig stadig hver dag!

Bortset fra 4 dage i vinterferien i februar,
hvor ungerne og jeg var i sommerhus på
Langeland, så har jeg besøgt dig hver dag.

Ikke af pligt eller dårlig samvittighed - for
den har jeg gudskelov ikke noget af - nej, af
lyst og, fordi jeg savner dig.

Det kan synes mærkeligt, men selvfølgelig vil
jeg da besøge dig hver dag.

Det ville du sgu nok ikke have gjort for mig,
men vi var jo også meget forskellige.

Jo, du ville ligesom jeg sørge for, at tingene
var i orden. Der skulle være pænt.

*3 generationer kvinder i familien: Ellis, dig selv
og Sarah - et sjældent foto! Motivet er ellers
godt nok...? Formentlig fra din 60-års
fødselsdag*

Så derfor møder jeg op hver dag og snakker lidt med dig, rydder lidt op - græder ind imellem lidt og dapper hjemad igen.

Molli sidder altid i bilen imens og venter tålmodigt på mig, mens jeg nærmest rituelt gennemfører mit korte besøg med en kortere enetale og 3 fingerkys berøringer på stenen og et farvelkys med fingrene til hjertet bagefter.

Det er ofte korte besøg, for vejret har været umanerligt vådt, koldt og blæsende de første måneder af året.

Jeg glæder mig til, det bliver varmere. Så vil det være nemmere at føre lidt længere samtaler med dig fra bænken lige ved siden af.

Skal jeg være ærlig, så har jeg været tæt på at glemme dig et par gange. Det kom som en stor overraskelse for mig, men jeg skyndte mig ud af døren og nåede at råde bod på det.

Jeg er begyndt at tænke på, hvad det bliver, der i sidste ende får mig til at glemme mine besøg en gang imellem. Lige nu har jeg ingen anelse.

Nå, jeg har ingen planer i den retning. Det er stadig meget vigtigt for mig at besøge dig.

Jeg har ingen anden begrundelse for mine besøg end, at jeg elsker dig vanvittigt og, at det skylder jeg dig.

Jeg får stadig dårlig samvittighed, når jeg næsten glemmer dig, og en dag havde jeg glemt at aktivere timerne på dine lys efter, at jeg havde skiftet batterier.

Det betød, at der ikke var lys på din sten den nat. Det havde jeg det helt skidt med! Det kommer ikke til at ske igen!

Jeg savner dig afsindigt, at have dig ved siden af mig, at mærke din kærlighed til mig. Dit altid gode humør og søde væsen. Du var svær at gøre sur eller at hidse op, din magre pind – pisse irriterende til tider, men ufattelig dejlig.

Når jeg står ved din sten, så tænker jeg hver gang:

Her skal du ligge ved siden af din dejlige kone...

Jeg glæder mig ikke til, det sker...

Men jeg har det rigtig godt ved tanken!

Men hvorfor kunne vi ikke få lov til at være sammen indtil jeg døde?

Der er ikke meget, der har ændret sig, min skat...

Jeg har skiftet bilen ud.

Vi købte jo den fede Suzuki SUV i juni 2019 og havde jo nok regnet med at bruge den til kortere ferieture, men allerede 14 dage efter gik det helt galt med dit helbred.

Bilen brugte jeg derfor udelukkende til at køre fra Vejle til Odense Sygehus for at besøge dig. Mange gange to gange om dagen.

Den var alt for stor til mig alene og, jeg følte absolut ingen glæde ved at køre i den. Den gav mig kun triste og smertelige minder.

Nu har jeg købt en lille fornuftsbil, der passer bedre til en enlig, ældre herre.

Jeg fik mange penge i bytte, så ungerne har delt den ene halvdel - som arveforskud!

Jeg er helt sikker på, at du synes, jeg har disponeret fornuftigt.

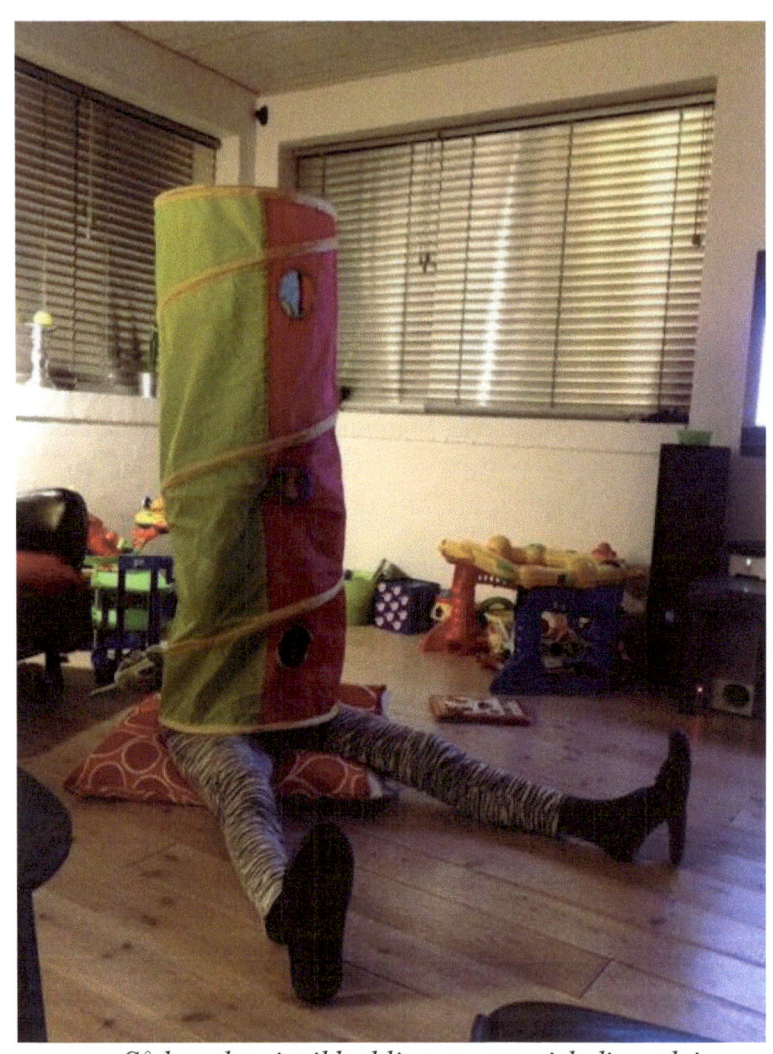

Så kan det vist ikke blive mere typisk dig - aktiv og straks på banen, hvis nu børene skulle have lyst til at lege!

Promenaden foran vores lejlighed med broen og lystbådehavnen i baggrunden. Trods din sygdom fik vi 2 meget lykkelige år sammen i den ny lejlighed.

Sofaen overvejer jeg alvorligt at udskifte.

Jeg har beholdt min plads i sofaen og synes, at jeg til tider fornemmer dit omrids eller skikkelse ud af øjenkrogen i armslængde fra mig på chaiselongen.

I starten var det rart at mærke dig, stadig at kunne fornemme, at du var her.

Nu gør det bare så forfærdelig ondt at tænke på, at du aldrig kommer tilbage, at du aldrig kommer til at sidde på den plads.

Det gør så ubeskrivelig ondt, Bodil, og jeg ved ikke rigtigt, om jeg holder det ud.

Jeg savner dig forfærdeligt og føler nu, at jeg hele tiden bliver mindet om, at du ikke er her mere, når din plads er tom.

Den er tillige et alt for stort monstrum at have stående, når der kun er Molli og jeg.

Som du nok husker var den på tilbud og blev leveret med transportskade, som jeg klagede over. Det betød, at sofaen endte med at blive rigtig, rigtig umanerlig billig,

Så gør det ikke jo så noget, at den ikke indbringer så meget.

Vi var rigtig gode til at pjatte og grine sammen!
Her er det fra en af de skønne ferier i Toscana,
hvor alle børn og børnebørn var med.

Det er du garanteret enig i!

Du kender mig godt nok til at vide, at den ny
sofa ikke bliver så dyr!

Jeg så dine hjemmesko,

en dag jeg satte mine egne sko på plads og

pludselig - på en brøkdel af et sekund -

vælder alt op i mig, dit ansigt, smil,

skikkelse, og jeg føler den voldsomme

længsel og afsavnet.

Jeg savner dig så ubeskriveligt, det gør så

ondt at føle den smerte, den længsel efter dig.

På de svære dage, hvor alle parader er nede,

kan jeg hyle i et par timer - bare ved at se

dine sko.

Jeg er nødt til at skille mig af med dem på et

tidspunkt, hvor jeg har overskuddet til at

turde vælge at gøre det.

Jeg kan mærke på mig selv, at jeg ikke klarer

det i længden. Jeg kan ikke holde til at være

så ked af det så længe og så ofte. Jeg føler

som om, jeg går i stykker indeni.

Sådan har det været i snart 5 måneder.

Der vil være andre ting, jeg bliver nødt til at sløjfe eller udskifte.

Nogle forandringer er skam også gået den anden vej!

Jeg bruger DIN kam nu - den lyserøde med de store tænder

Jeg ligger på DIN plads i sengen, med DIN dyne, og hovedpuden, jeg putter mig op ad, er selvfølgelig din.

Og du skal stadig huske, at min standard for, hvordan her skal se ud i lejligheden, den tager udgangspunkt i DIN måde at gøre tingene på.

FFF Ferie Fest Farver – Du er lige i dit es og der er en spion i baggrunden!? Toscana igen igen!

Og i modsætning til tidligere, så ved jeg jo nu af nød, hvor tingene står!

Du plejede jo at drille mig med, at du kunne sælge halvdelen af vores indbo uden, at jeg ville opdage det.

Jeg har altid syntes, at lige halvdelen nok var lidt overdrevet, men noget var der nu nok om det!

Jeg prøvede ind imellem at hævde mig ved, at jeg påstod, at jeg fik øje på et nyt indkøb eller en ting, der var blevet flyttet, som jeg triumferende udpegede!

Men ak, hver gang var det noget, vi altid havde haft eller, det havde stået på den plads i et år eller mere…

Der har dog også sneget sig en midlertidig ændring ind af de mere muntre!

Jeg købte en bagemaskine!

IGEN??? Kan jeg næsten høre dig råbe højt!

Ja, på et tidspunkt, hvor alting så sortest ud og, der var behov for bare en eller anden form for forandring, faldt jeg for en annonce i DBA - 150 kr for en maskine, der aldrig har været brugt. Det var virkelig rigtig billigt:

Problemet er så, at den stadig aldrig har været brugt!

Du fik ret igen, min skat...

Jeg har ikke orket at sætte mig ind i manualen, melet til den er alt for dyrt og maskinen, der - ligesom den første maskine – fylder en alt for stor del af køkkenbordet, skal væk igen!

Milla har fået den! En løsning, du virkelig ville sætte pris på.

Badehåndklæder til poolen, sol fra en skyfri himmel, parasol, kold rosévin og en lækker steg! - hvad kan man forlange mere??

Jo, jeg har lært meget af dig, og du fylder stadig lige meget i mit liv - på en anden måde måske, men din tilstedeværelse føles rar og tryg.

Jeg føler det som om, at du er med i det, jeg foretager mig.

I mange situationer tænker jeg på, hvad **du** ville have gjort eller plejede at gøre.

Problemet er, at mange af de ting, du gjorde blev udført uden, at jeg lagde mærke til det – du sørgede jo pr automatik for, at alt var i orden.

Hvad du skurede stålvasken i køkkenet med eller brugte til at rengøre marmorvasken på badeværelset med, har f eks kostet en del detektivarbejde, for i hvilket skab blev grejet til de forskellige opgaver gemt og, hvordan kan man være helt sikker på, at det er det rigtige, man så anvender!?

Jeg mener, når man endelig vil lave noget, så skulle det nødig gøre mere skade end gavn!

Du er min smukke, smukke kone. Jeg er så stolt
af at have været gift med dig! Jeg kan stadig
blive helt svedt ved tanken om den seje tøs, jeg
scorede i Odense for mange, mange år siden!

Mange ting har ikke ændret sig.

Dit navn står stadig på hoveddøren og på postkassen.

Ingen skabe er åbnet.

Ingen skuffer er åbnet.

Og slet ikke den øverste skuffe, der rummer din hårtot og fingeraftryk. Jeg ved, tingene er der, og det er nok indtil videre. Jeg ved ikke, om jeg nogensinde får behov for at åbne den skuffe, men det er også helt ligegyldigt lige nu.

Nogen ting gør mere ondt end andre. Din badekåbe er slem. Jeg er glad for, at dens faste plads er bag døren til badeværelset. Hver gang, jeg ser på den, ser jeg dig i den og alle de gange, du har anvendt den. Det er som små film, der kører for mit indre blik.

Det gør så frygtelig ondt.

Jeg kysser stadig de samme 8 fotos godnat hver aften. De står de samme 3 steder i lejligheden - 1 i stuen, 6 i gangen og 1 i arbejdsværelset. Det sker naturligvis i den samme rækkefølge hver gang.

Nu tænder jeg lys i vinduet - Et stort med timer, et af de nye, rigtig pæne, selvfølgelig. Det brænder hele aftenen, indtil jeg går i seng.
Så sætter jeg lyset hen til dit billede. Så lyser det på dig, indtil det går ud af sig selv ud på natten.

Din mobiltelefon ligger sammen med dit brilletui og dine læsebriller - samme sted, de har ligget hele tiden.

Det samme med dine solbriller, de utallige tørklæder, tasker og sko i entreen. Og kasketten!

Dit pink cigaretetui og lighteren ligger stadig i vindueskarmen og, dit skod ligger i askebægeret på radiatoren.

Jeg kysser stadig din tandbørste, før jeg bruger min egen.

Jeg kysser dig stadig godnat på din pude 3 gange og siger et 'godnat lille Molli' og 'godnat Bodil, min store kærlighed' ud i det mørke rum.

Det er så dejligt at føle, at du stadig er så meget til stede og sammen med mig.

Det giver en tryg og rar fornemmelse at have disse ritualer, og jeg har ingen lyst eller intentioner om at ændre på dem.

FOTO 1973/74

Husker du dit knaldrøde, krusede afrohår??

Intet under du blev kaldt Angela Davis. Mig

kaldte de reserve Jesus!

Du er her hele tiden - lige under overfladen.

Tænker jeg på dig lidt for længe, så græder jeg hver gang.

Jeg er så trist bagefter, for intet i verden kan ændre tingenes tilstand. Vi kommer aldrig nærmere hinanden igen, men intet må komme imellem det, vi stadig har.

Jeg ser dig i små glimt, på sofaen, i drømme - føler at du følger mig fra dine fotos.

Jeg mærker dig, når de 2 elektriske lys ved din sten helt uventet tænder - 3 gange er det sket på et par uger!

Er der noget, du vil fortælle mig?

At du er der et eller andet sted?

At du også savner mig?

Åh Bodil, jeg ville ønske, du havde været her, indtil jeg døde!

Julen 1952

Her er du lige knap 3 år og er dybt koncentreret

i leg med en julegave. Sikken nogle kinder!

Jeg kan stadig mærke dig. Du er her Bodil, hos mig - lige under overfladen.

Jeg fornemmer til tider, at du sidder ved siden af mig i bilen.

Hvis jeg godtager den følelse af, at du er der, så vælter følelserne op i mig, og jeg græder på brøkdelen af et sekund af afmagt og afsavn.

Men hvis jeg målrettet prøver at styre mine følelser og på en eller anden vis lykkes med at ignorere, at du er der, så forsvinder du stille igen.

Det er nogle sære mekanismer, man udsættes for.

De to næste billeder er fra Oslo/2008, hvor alt var rasende dyrt – efter vores opfattelse. På et tidspunkt rendte vi ind i en af dine yndlinger til en pris, der var til at betale - en stor, frisk kokosbolle! Jeg ville ønske, at det havde været en negerbolle, for det ville være så dejligt ukorrekt at skrive!

VORHERRE

Forholdet til ham er uændret, siden vi skiltes,
min skat.

Jeg besøger ham ikke, og han holder sig langt
væk fra mig, kan jeg mærke.

Det er, som det skal være.

Jeg har altid haft meget svært ved det, når
nogen svigter. Så er jeg er rigtig dårlig til at
tilgive, som du ved.

Du har altid syntes, jeg var for 'skrap', som
du kaldte det, i min bedømmelse af andre.

Men den måde, han svigtede dig på, kan
aldrig tilgives.

*Her har vi den! **neger**bollen!! Du prøver at lokke en smagsprøve fra stakkels Noah, men han lader sig ikke narre! Han kender dig!*

CORONA OG MORMOR ELLIS

Corona virussen, Covid-19, spreder død og grum uro mange steder i Europa i disse måneder. Lige nu er Danmark ikke lige så hårdt ramt, som mange andre lande, men intet er dog sikkert, da epidemien måske ikke har kulmineret.

Jeg har længe tænkt på at tale med din mor om en ting, der er svært at tale om. Men i dag kom muligheden, da Sarah og jeg besøgte hende.

Hun nævnte selv den risiko, der er for at dø af den huserende virus, når man som hende meget snart har nået 88 år. Vi fik spurgt mht. ceremoni osv. i den forbindelse, inden vi berørte det væsentlige:

Mange fotos er fra Toscana. Udover det skønne motiv, tror jeg, at det er farverne fra omgivelserne, der gør, at de bliver udvalgt.

Under din sten er der 4 pladser. Du har den ene, og det er min den anden.

Jeg har i dag spurgt din mor, om hun vil ligge ved siden af dig, hvis det er praktisk muligt iht. de regler, der måtte være gældende - hun bor jo i Odense og skal i givet fald bisættes i Vejle.

Det vil hun meget gerne!

Både Sarah og jeg tror, at hun blev oprigtigt glad.

Hun savner dig også ganske forfærdeligt, og jeg tror, hun kan finde lidt trøst ved tanken.

Jeg måtte jo dog fortælle hende, at hvis hun også skulle have sit navn på stenen, så måtte hun bøffe 7.500 kr til en ny sten. Det syntes hun ikke var nødvendigt…

Jeg tror ikke, du vil protestere over planen.

Du vil endda synes, det er en god idé.

Så det får forhåbentlig næppe nogen indflydelse på vores nuværende eller fremtidige forhold!? (-;

*Du var i perioder hårdt angrebet af den lokale virus **telefonitis italiano** under vores ferier i Toscana.*

Det er helt utroligt så forskelligt, du kan se ud,
*min snut! Her har du endda **ikke** din Pia*
Gjellerup hårklemme på, som vi kaldte den!
Den, du brugte til at opretholde skilningen.

OMGIVELSERNE

Jeg har været meget heldig.

Vores børn har været en fuldstændig
uvurderlig støtte for mig.

Sarah, som bor tættest på, har trukket et
kæmpe stort læs med mig. Hun er – og har
været - meget berørt af din død. Hun er i store
træk stillet op mange af ugens dage og
snakket og hjulpet med det praktiske. Jesper
har på sin stille facon bakket op omkring mig,
især ved at jeg altid har følt mig velkommen,
de utallige gange, jeg er troppet op.

Mikkel har fra sin base i København
kontaktet mig hver dag ca. kl. 18, for at
spørge ind til mit velbefindende. Kit har
sendt mig søde sms'er eller øffet

opmuntrende i baggrunden under mine og Mikkels mange samtaler

Joh, jeg har været meget heldigt stillet med vores unger, de har virkelig været der for mig.

Vores venner har ikke skuffet. Langt de fleste har tidligt været inde og støtte op – både i din lange sygdomsperiode og efterfølgende. De har inviteret mig eller på anden vis stillet sig seriøst til rådighed - indstillet på at imødekomme ethvert ønske, jeg måtte komme med.

Kun et par stykker svigtede os totalt, da vi havde allermest brug for hjælp. Dem ser jeg ikke mere.

Jeg har svært ved at tilgive, ved du – især de store svigt.

Familien samlet juli 2018 i Fjordenhus. Kit
mangler som sædvanlig - hun er fotografen.
Milla er nok hos kæresten Madsen.

STATUS PÅ MIT AKTUELLE LIV

Jeg er blevet gammel.

Det afsavn, jeg har følt og den sorg, der har ramt mig ved din død, har forandret mig så meget, at jeg dårligt kan kende mig selv igen.

Glæden er ikke nogen hyppig gæst eller længerevarende følelse. Mit stemningsleje er simpelthen sunket permanent, har lidt et knæk.

Jeg føler mig gammel, forvirret og glemsom. Det har jeg aldrig gjort før.

Jeg kan præstere at rejse mig op fra sofaen for at hente noget. Straks jeg har rejst mig, har jeg glemt, hvad jeg ville hente.

Så slemt har det aldrig været før.

Koncentrationsevnen er svækket.

Energiniveuet er lavere, og der er mange ting, der tager så utrolig lang tid at gennemføre, fordi jeg udskyder dem.

Jeg gider dem bare ikke.

Omvæltningen har været voldsom for mig. Det hele er vendt på hovedet eller væltet! Det er såvel følelsesmæssigt, socialt, helbredsmæssigt som økonomisk - alt!

Hver eneste lille rutine er ophørt eller ændret. Der er så utrolig mange ting, der er nye for mig og som jeg skal tage stilling til.

Min nuværende tilstand er ikke holdbar og meget perspektivløs.

Jeg må vågne op, søde Bodil Bodil, inden jeg sygner helt hen i afmagt, tomhed og passivitet.

Har du en opskrift på, hvordan man vågner op og bliver fokuseret?

Du ville jo hade, hvis jeg hver dag gik rundt og konstant var ked af det på grund af dig!

Så alene af den grund, er jeg nødt til at gøre noget ved det!

Kreta 2009 ferie med ungerne. Her er det Milla, dig og Alfa - 3 meget kønne tøser!

Men jeg har ikke fundet den knap, man skal trykke på for at blive glad, lille Bamse, så du må finde dig i det lidt endnu.

Jeg har desværre ikke dit lyse sind.

Der er dage, hvor det hele bare er noget pis. Det kan være nogle småting, der driller og pludselig vælter hele læsset, og jeg går helt i sort og står pludselig og hyler højlydt - mere skal der ikke til.

Tiden racer af sted. Mit liv føles uden det store indhold, der er ingen substans, og tilværelsen er uden synderlig værdi.

Livet med dig, vores liv, var mit liv.

Vi to havde livet sammen!

Det er helt forkert at sidde alene tilbage.

*Dig og Mikkel – ud fra krykken at dømme fra
efteråret 2018, lige før en ny hofte! Lokationen?
Det er Marielyst, Falster*

COVID-19 HÆRGER HER OG NU

Covid-19 sætter store begrænsninger for mine muligheder. Al forlystelse af enhver art er lukket ned. Grænserne er lukkede - alle forsamlinger over 10 personer er forbudt. Man skal holde afstand til alle og vaske og spritte hænder ustandselig. Skoler og uddannelsesinstitutioner er lige nu lukkede.

Mange virksomheder er lukket ned, og personalet fyret eller hjemsendt. Dem, der kan, arbejder hjemmefra.

Jeg er heldig, for jeg har et frirum hos Sarah og Jesper, som indtil videre begge arbejder hjemmefra og stort set ikke omgås med nogen - børnene heller ikke.

Der er ikke 'farligt' for mig at være, smittefaren er minimal.

Corona virussen får mig til at tænke med taknemmelighed på den smukke bisættelse, du fik.

Jeg tænker med stor taknemmelighed på, at det var muligt for os at sige farvel - at jeg havde mulighed for at bo sammen med dig de sidste 18 dage.

Det er så trist at være vidne til den form for afsked, det er muligt at give sine kære under Coronaen!
Ingen besøg hos indlagte eller plejehjems beboere - eller højst 1 pårørende kan tage afsked.
Højst 10 personer til den kirkelige handling ved dødsfald, inkl. præsten.

Det er umenneskeligt.

Herudover udsættes runde fødselsdage, bryllupper, konfirmationer – ja fester af enhver art kan ikke afholdes, fordi forsamlinger på over 10 personer er forbudte.

Fra Miami. En af vores 5 spændende rejser
til USA (Florida, Vestkysten og N.Y.)
Du var noget mere betænkelig end billedet
giver indtryk af!!

Der kommer naturligvis en opblødning på restriktionerne, så snart der er mulighed for det, men det vil være overe en lang periode, der vil føles endeløs.

Jeg tror aldrig, at tilværelsen bliver den samme, som før.

Covid-19 har sat sine varige spor. Der er mange ubekendte ting ved sygdommen, som tilsyneladende er af en hel anden slags end først antaget. Det er ikke nogen simpel influenza lignende virus.

Den angriber legemet bredere end først antaget, kan vende tilbage med fornyet styrke, mutere! Vi har ikke set det sidste fra den, før en effektiv vaccine er udviklet.

SEX OG BEKENDTSKABER

Ha, Bodil! Her tager vi fuppen på dem!
De troede, at de skulle til at svælge i intime
detaljer om min eller vores seksuelle
aktiviteter. Det kommer bare ikke til at ske!

Hvorfor? Den er ikke-eksisterende!
Du har jo sat standarden som partner for alt i
mit liv. Hvor finder jeg din lige!?

FREMTIDEN

Det er utroligt så hurtigt tilværelsen kan
ændre sig og dermed også fremtiden.

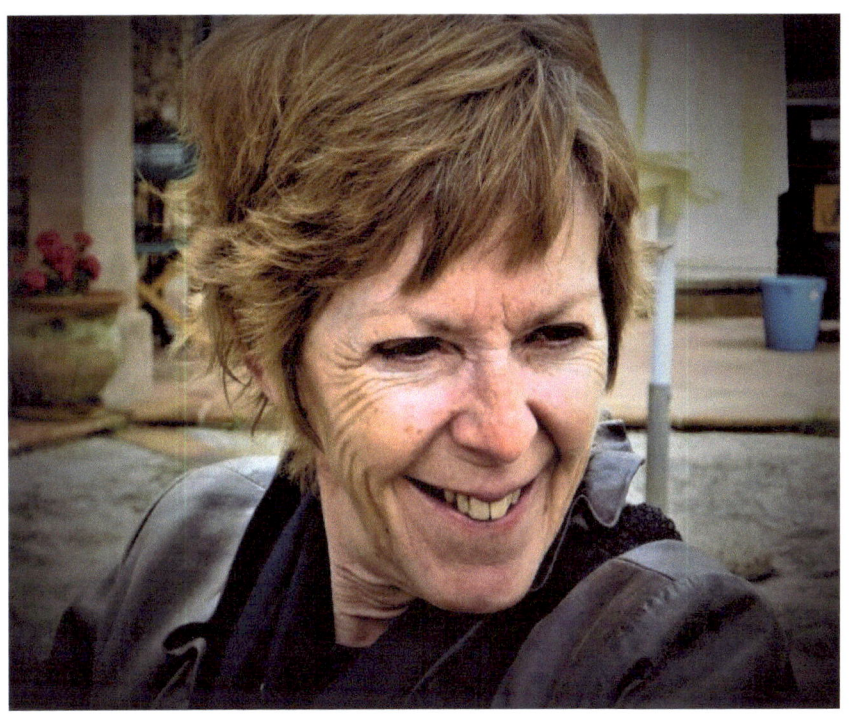

Mallorca 2009. I utallige år rejste vi 2-3 gange om året. Det var en god tid og et godt liv, vi havde sammen, min snut!

Da jeg havde den spæde start på denne bog ca. ultimo januar, var Coronaen et fjernøstligt problem ingen i Europa tog særlig alvorligt.

Nu et par måneder senere er Europa og USA lagt ned, epidemien har endnu ikke kulmineret og, den har endnu ikke spredt sig endegyldigt til Afrika.

Den kan vende tilbage i flere bølger og på ny skabe død og kaos.

Indtil da er scenariet, at verdensøkonomien skal i omdrejninger på ny, at frie rejser hen over grænserne, ferieafholdelse i udlandet, nok først vil være muligt om 6 måneder - og selv til den tid nok kun i begrænset omfang.

Spørgsmålet er, om det samfund, som vi hidtil har kendt nogensinde, bliver det samme igen. Hvad er det for en hverdag, vi vender tilbage til?

*Miami 2009. 2 berømte duller poserer i en af de
utallige 'fede' butikker. Vi husker mange gode
ting fra USA, men ham med hentehåret, de har
valgt, overskygger det hele!*

Det er chokerende, hvordan en virus på få
uger kan ændre fremtiden for en hel klodes
befolkning.

Mallorca maj 2010. Det unge par. Du er 60 år! Hvem fanden kan se det!!??Jeg kan da slet ikke!

Alles fremtid vil afhænge af, hvilke muligheder Coronaen vil give os, eller med andre ord:

Der ER en fremtid, også for mig, men det er Coronaen, som dikterer den!

I fremtiden vil jeg endvidere prøve at leve op til de enkle ambitioner, du og jeg talte om og, som vi var rørende enige om at tilstræbe som mennesker:

Vi ville **prøve** at være gode mennesker, at være til glæde for andre - og at blive husket som gode mennesker. Vi ville begge gerne kunne se tilbage på vores liv og kunne sige, at vi gjorde det så godt, vi kunne!

Min kære Bodil, det har du til fulde levet op til alle de dejlige år, jeg har kendt dig.

Jeg slås stadig med det, men har forhåbentlig nogle år endnu. Min minimumsambition har altid været at være et bedre menneske end min far var. Det har jeg vist opnået!

Det var heller ikke så svært.

Det er trist at tænke, at den virus skal diktere min fremtid med tanke på, hvor få leveår, jeg har tilbage.

Allerede nu føler jeg mig ekstremt begrænset. Der er stort set ingen, der tør have mig på besøg - udover Sarah og familien. Der er ingen, der rigtig tør besøge mig. Spontane visitter eksisterer ikke.

Jeg, som altid har været vant til at gøre, som jeg ville, er nærmest i åbent fængsel. Tvunget til at opholde mig meget tid i lejligheden med alle mine triste tanker og med minderne om dig, som springer mig i øjnene overalt.

Der er rigtig mange, der i denne tid har det meget værre end mig.

Der sidder forfærdelig mange ældre alene rundt omkring - uden noget socialt netværk.

Ingen kan nogensinde begribe eller forstå,
hvor meget jeg savner dit nærvær, at kunne
holde om dig.

De har en kummerlig tilværelse på deres gamle dage.

Når jeg tænker på dem, forstår jeg lidt af de omkostninger denne katastrofe har bragt med sig til alle - på ingen tid!

Globetrotteren indtager Miami og omegn. Solbrillerne er 'American style' fra en lokal shop og har sikkert givet nikkel eksem på næsen!

UDGANG

Det er ikke fordi, jeg ikke vil tænke på dig,
men det gør bare så ondt hver gang.

Derfor er jeg nogen gange nødt til at tvinge
mig til at lade være.

Det gør også ondt!

Jeg begriber ikke, hvis jeg nogensinde
kommer over at have mistet dig.

Det forekommer mig slet ikke muligt.

Ja, man lærer at leve med afsavnet og sorgen,
siger alle de kloge.

Jeg ønsker det egentlig ikke anderledes, end
det er nu. Men hvis jeg virkelig ønsker at leve

videre, så er ændringer nødvendige - det forstår jeg godt nu.

Ingen kan i længden holde til den smerte og sorg, jeg stadig føler.

jeg har for meget tid

alene

med mine tanker.

for mange

uendeligt triste tanker

om dine sidste dage.

tanker der gør

så ufattelig ondt.

en ubegribelig magtesløshed

rammer mig

og efterlader mig

grædende, sørgmodig

og handlingslammet.

jeg prøver af al magt

at undgå dette tankemylder.

ikke fordi jeg ikke

vil tænke på dig

men fordi de tanker

fastholder mig

i erindringen

om de værste dage

i mit lange liv

du er mit livs kærlighed

MIN Bodil

GENSKABELSEN

Mens jeg har skrevet denne bog, er det gået
op for mig, hvilken utrolig værdi, bogen MIN
Bodil har fået for mig selv.

Jeg gennemførte et projekt, jeg selv tvivlede
på, at jeg var i stand til at fuldføre.

Jeg har skabt den forestilling om
udødeliggørelse af Bodil, jeg tilstræbte ved at
hun nu også eksisterer i bogform.

Men endnu mere end det:

Jeg har genskabt Bodil til mig selv!

Hver eneste strofe, jeg læser i den bog
genskaber de billeder af Bodil, jeg havde på
nethinden, da jeg skrev dem.

Det billedsprog, jeg genoplever fører mig tilbage til den stemning af sorg, afmagt, fortvivlelse - eller kærlighed, der præcist var til stede på det tidspunkt, jeg skrev det.

Jeg græder hver gang, jeg kigger lidt i bogen, som jeg ikke har været i stand til at læse i sin helhed efter udgivelsen.

Jeg gør det ikke af selvmedlidenhed eller, fordi jeg bliver sentimental, men fordi jeg får genskabt utallige og forskellige erindringer om Bodil – afhængigt af, hvad jeg læser.

Og jeg græder, fordi det er så smerteligt at genoplive de følelser, der var til stede, da jeg skrev de enkelte afsnit.

Måske kan man forstå det billedsprog, jeg reagerer på, når jeg gentager en af stroferne fra bogen:

Det eneste foto jeg kan finde, som er fra din 60-
års fødselsdag, hvor der kan fokuseres på dig.
Det gør ikke noget, at kvaliteten ikke er super,
for med det smil, kan jeg kende dig med lukkede
øjne.

den glæde du skabte

omkring dig

den savner jeg nu.

dit smittende humør

dit dejlige smil

de gnistrende brune øjne

din mørke sensuelle stemme

den fynske dialekt.

du er det største

og bedste

der nogensinde

er sket for mig

bogen er til dig

min søde skat

så verden

for evigt

kan vide

hvor dejlig du var.

vi glemte aldrig

at være forelskede

og jeg er det endnu

du er min store kærlighed

MIN Bodil

Jeg kan umuligt glemme dig!

Alle de mange års utallige billeder og erindringer kommer frem på nethinden, når jeg læser det, jeg har skrevet om dig.

Min kloge, gode soulmate.

Du var et vidunderligt menneske og, jeg elskede dig grænseløst.

Du er her endnu!
Altid!

.du er min store kærlighed..

og min bedste ven.

Jeg drømmer om, at jeg en dag lærer at glæde mig over de 46 lykkelige år, vi havde sammen og ikke kun græder over, at du ikke er her mere…

EFTERTANKE...

Jeg har læst, at der i Danmark i gennemsnit dør ca.
150 mennesker - hver dag - året rundt.

Det er ubærligt at tænke på, at nogle er børn.

Det gør ondt at tænke på, at nogle af dem, der dør,
er forældre til mindreårige børn.

Så er der dem i min alder og ældre, hvor man må
forvente et vist frafald.

Pointen er, at jeg tænker på, hvor mange
mennesker, der hver eneste dag rammes af sorg
pga. dødsfald i familien.

Det er jo ikke muligt at sige, hvor mange personer,
det kan tænkes at berøre i den enkelte familie.

Tænk på, hvor længe det varer at komme bare
nogenlunde over det. Og tænk så på, hvor mange

der i den tid, du sørger, hver eneste dag rammes på samme måde som dig selv!

Der er jo akkumuleret en gruppe så enorm af personer, der går rundt imellem hinanden og lider afsavn og sørger.

Jeg finder en vis trøst i at tænke på, at der er ufattelig mange, der har det som mig.

Samtidig undres jeg over, at ingen kan aflæse det på nogen af alle os, der går omkring.

Vi er så gode i vores kulturkreds til at skjule, hvad der foregår bag facaden.

Der er ingen sørgetid, grædekoner, sort tøj eller sort armbind!

Det er ikke godt for nogen...

Kære Bodil!

Du kender mig og mine skøre påfund.

Som det sidste har jeg d. 13. maj 2020 købt plads til dig (og mig) på VB's mosaik på Vejle Stadion. Der sidder vores navne snart i mosaikken foran hovedindgangen i al fremtid, som de skriver.

Jeg købte plads til mit navn også, da jeg ikke var sikker på, at jeg kunne få udleveret den stadionplatte, der fulgte med dit navn. Så nu får jeg 2 platter med frankfurter mit alles og øl!

Jeg kan se dig ryste på hovedet med et opgivende smil…

© 2020 – Palle Hyldenbrandt

Forlag: Books on Demand – København, Danmark

Fremstilling: Books on Demand – Norderstedt, Tyskland

Bogen er fremstillet efter on-Demand-proces

ISBN 978-87-4301-599-4

Bogen er til Bodil, men også til Sarah og Mikkel og deres familier i evig taknemmelighed over, at de hjælper mig med savnet af deres mor.